KOBI
EL ORCO AVENTURERO

Robinson Cediel Rangel

Kobi el Orco Aventurero.

Kobi el Orco Aventurero.

2020

Autor
Robinson Cediel
(Robricedrick)

Introducción

Hace mucho tiempo un pequeño orco llamado Kobi
observaba el horizonte a través de la ventana
de su cuarto, el cual estaba hecho de grandes
piezas de madera, envuelto por una pequeña capa
de paja para darle comodidad y confort a dicho
hogar, Kobi al observar; siempre se hacia la
pregunta de qué habría detrás de esas montañas,
ya que la aldea se encontraba en un pequeño lugar
rodeado de inmensas rocas, las cuales permitía
que fuera fácil defender el lugar, pero evitaban
observar y conocer el mundo con facilidad, esta
historia cuenta como Kobi decide emprender un
viaje el cual le enseñara mucho, aumentara su
conocimiento y le hará crecer como un orco digno
de llevar la aldea hacia nuevas formas de vida,
en esta aventura conoceremos el mundo que nuestro protagonista desea conocer y las aventuras
que le obligaran a crecer.

Autor
Robinson Cediel
Ilustrador
Jonatan Cediel
(@Cediel3.4)

Capitulo uno
Conociendo amigos.

Una mañana lluviosa el pequeño Kobi escuchaba a
los adultos de la aldea contar historias acerca
de las cosas que veían al estar en casería, los
problemas y dificultades que enfrentaban a la
hora de capturar una presa; Kobi era un orco bastante curioso y siempre tenía el sueño de ir a
conocer las cosas que escuchaba en dichas historias, poder ver todo aquello con sus propios
ojos. Ya pasando varios meses en un día soleado
Kobi decidió aventurarse a conocer aquello que
tanto soñaba y así emprendió su aventura, tomando una pequeña mochila la relleno de pan, una bo-
tella de agua y fruta que le había dejado su
madre para que el comiera.
Al salir de la aldea Kobi observo como se exten-
día un gran bosque el cual dejaba pasar muy poca
luz del sol, después de un rato de caminata se
percató que había escuchado una historia acerca
de una mina extensa al final del bosque y en la
cual al final de dicha cueva, se encontraban un
gran tesoro, Kobi era joven y le interesaba más
la idea de explorar la cueva y tener una aventura
que del tesoro mencionado.

Ya faltaban pocos metros para llegar a la entra-
da de la cueva cuando vio algo extraño el cual
se movilizaba hacia donde él se dirigía, observo
atentamente,, una gran cantidad de bolsas y
libros apilados, los cuales dejaban a la vista
unas pequeñas piernas y unos grandes ojos redon-
deados en medio los cuales brillaban al momento
en que la luz del sol se posaba sobre ellos,

Kobi se acercó con bastante sigilo para poder sorprender aquella criatura tan extraña , ya se encontraba muy cerca cuando piso una rama, esta hizo un fuerte crujido, alertando a la criatura de su presencia, lo cual provoco que los dos se sorprendieran y de un grito sentados cayeron.

En ese momento una gran carcajada sonó desde lo alto de un árbol dando a notar aun pequeño elfo quien callo de allí debido a la risa que no pudo evitar, levantándose entre carcajadas el elfo dijo, valla que criaturas más graciosas acabo de encontrar, llevo rato observándolos pero nunca imagine que la reacción al verse seria esa.

Kobi se fijó que la extraña criatura era un hombre que quedó al descubierto al caer y sus pertenencias con él, ¿quiénes son ustedes? -Pregunto Kobi en un tono sorprendido-, a esto el elfo dice, Mi nombre es Kermin -respondió al momento que se pasaba sus dedos por los ojos para secar las lágrimas que sacaron las carcajadas-. Apurado y organizando todo lo esparcido en la caída, el hombre responde, -soy Kevin un mercante, Kobi y Kermin quedaron en silencio al darse cuenta que era un Humano, por estos sectores era muy raro ver o encontrarse con uno de ellos. Era muy típico que permanecieran encerrados en sus grandes fortalezas, Kobi se apresura y pregunta a los dos individuos, -que hacen dos seres y que nos son orcos tan cerca de nuestra aldea-.

Kevin responde, -la verdad no tenía idea que una aldea orca estuviese tan cerca- , eso suena interesante ya que es encontrar nuevos clientes en potencia, dejando salir una extraña carcaja da, la verdad yo estoy en busca de un gran tesoro que se encuentra en la cueva, y tu elfo que haces tan lejos de tu bosque -pregunta Kobi-,la verdad estaba aburrido y decidí salir a ver que me podría divertir y encontrármelos a ustedes y ver sus reacciones me hizo reír de una manera que hace tanto no lo hacía, a esto responde Kobi -que les parece acompañarme y exploramos juntos la cueva, Kevin podría encontrar el tesoro, tú Kermin podrías divertirte un poco más-, propone Kobi con un tono bastante alegre y entusiasmado, de esta manera Kobi, Kermin y Kevin deciden adentrarse en la cueva, deseosos de una gran aventura.

Oscuros y entrañables secretos encontraran de los cuales grandes incógnitas resurgirán, este querido grupo improvisado de exploradores no saben ni se imaginan los riesgos que conllevara ingresar al lugar.

Capitulo Dos
Explorando la cueva

Al ingresar en la cueva solo se sentía un olor a humedad acompañado de una brisa fría que ocasiono escalofríos en el improvisado grupo de exploradores , que lugar tan extraño- dijo Kobi al momento que se pasaba las manos por el cuerpo para evitar el frio, no te preocupes Kobi, -es algo normal en sitios a los cuales la luz solar le cuesta trabajo llegar- respondió con audacia Kevin, al momento que buscaba dentro de una de sus bolsas unas capas que les permitiría estar más frescos ; valla Kevin veo que estás preparado para cualquier situación, -agrega Kermin poniéndose dicha capa-, no se preocupen chicos, todo comerciante debe estar preparado y listo para vender mercancía apta para cualquier situación, -agrega Kevin con una sonrisa en el rostro-; ¿es que piensas cobrarnos por las capas?- le comenta Kobi - , no te preocupes Kobi, no les cobrare por el momento, llegado el caso descontaremos del tesoro que encontremos al final de este lugar.

Estando ya preparados para afrontar el brusco cambio climático encontrado dentro de la cueva, decidieron avanzar con la intención de explorar cada rincón, cuando de repente Kermin quien iba adelante se para bruscamente para avisarles de un evento extraño que lograba visualizar, observen con atención la pared que se encuentra frente a nosotros, noto una energía extraña saliendo de unos garabatos que están escritos allí - agrega Kermin con un pequeño tono de inseguridad, No te preocupes Kermin solo son unos jeroglíficos , recuerda que al final del lugar espera un gran tesoro y pues estos escritos se usan para advertir o asustar a quienes no se quieren en el lugar,- responde Kevin posando su mano sobre el hombro de Kermin para trasmitir algo de seguridad-.

En ese instante Kobi quien se esforzaba por seguirles el paso le pregunta a Kermin ¿cómo es que has logrado ver esos escritos de tan lejos Kermin?; desde el momento que entramos a la cueva me a costado hasta caminar ya que no logro ver más allá de mi nariz, lo olvide Kobi discúlpame, veo que es cierta la historia acerca de la visión tan mala que tienen los orcos en la penumbra, los elfos contamos con una habilidad de nacimiento la cual nos permite ver en la oscuridad, por eso al momento de rastrear o buscar cosas en los bosques nos toma menos esfuerzo-responde Kermin con su característica sonrisa en el rostro-.

Chicos creo que les tengo una mala noticia, por lo visto en esta cueva nos esperan grandes desafíos los cuales nos pondrán a prueba si queremos llegar al final,Kobi no sé si sea seguro que estés aquí, creo que el lugar se pondrá peligroso-dice Kevin mirando fijamente los jeroglíficos con la ayuda de una lupa que sostenía de su mano derecha, no te preocupes Kevin, los orcos somos malos en la oscuridad, pero gracias a nuestra fuerza podemos enfrentar lo desconocido, responde Kobi con seguridad -al momento que toma una roca en sus manos y apretándola con gran ferocidad la vuelve añicos-, -creo que me agradas Kobi-, la valentía es algo que en la aventura es muy necesaria y tu siendo tan joven veo que te sobra mucha- Kevin sonríe y se dispone a sentarse en el piso al tiempo que inicia una búsqueda

exhaustiva dentro de unas de sus bolsas, tomen chicos veo que se merecen unas armas que les permitirán defenderse en caso de presentarse una situación peligrosa, para ti Kobi te ofrezco esta hacha eso si ten cuidado, es una arma bastante filosa y para ti Kermin permíteme darte este arco, veo que tu vista es algo que nos favorece y esto nos permitirá anticiparnos a las situaciones, en el momento que Kermin ve el arco pone cara de haber visto algo horripilante y se gira presuntuosamente, no lo quiero Kevin, te lo agradezco pero si acepto eso aparecerá el y esa forma no me agrada para nada -respondió Kermin con un tono de inseguridad y miedo-, no te preocupes Kermin sin embargo toma esta daga, creo que podría ser de utilidad - responde Kevin poniendo un rostro que trasmitía confianza-, no te preocupes Kermin lo grandioso de una aventura es que no importa la adversidades, podremos enfrentar nuestros miedos y darnos la oportunidad de crecer como seres capaces de hacer cualquier cosa - responde Kobi-, a la vez que sus ojos brillaban con el entusiasmo de saber que se encontraba lejos de casa, a punto de iniciar una grandiosa aventura que le permitiría conocer más acerca del mundo.
Ya preparados los aventureros y dispuestos a enfrentar los desafíos que se avecinan, siguen avanzando por los estrechos lugares de la cueva cuando de repente un pequeño temblor les alerta y sin previo aviso los hace caer por una pendiente, arrastrándolos a lo profundo del lugar.

Capitulo tres
Desafíos inesperados

Kobi, Kermin y Kevin se encontrabas descendiendo a gran velocidad por lo que parecía un gran tobogán creado por la misma naturaleza, -¡cuidado chicos!, creo que el aterrizaje será algo forzoso, -grita Kevin con gran nerviosismo en su voz-, cuando se percatan de un intenso brillo, el cual anunciaba el final del descenso, al momento que se ven tres cuerpos pasar a gran velocidad por lo alto, -Atentos, creo que aterrizáremos cerca aun banco de arena, la cual amortiguara en gran medida la caída – agrega Kermin-; al tiempo que chocan ante lo visualizado, ¿se encuentran bien chicos?- pregunta Kobi-, al tiempo que ayuda a Kermin quien le había quedado la cabeza atorada en la arena, -¡no se preocupen creo que estamos ¡bien!-, añade Kevin señalando algo que se aproximaba lentamente provocando unos pequeños temblores; ¡chicos! no quiero preocuparlos pero el primer desafío se acerca, espero que estén preparados para ello, ¡RAYOS¡ creo que se trata de un lagarto escupe fuego, los creía ¡EXTINTOS! -dice Kermin con gran asombro, -no se preocupen de lo que estoy seguro es que podremos con él, solo hay que golpearlo en el lugar adecuado -tomando con gran energía el hacha en sus manos Kobi se prepara para iniciar el ataque, Kevin y Kermin hacen lo pertinente,Kevin lanza unas esferas creando una espesa capa de humo, eso permitirá a Kobi acercarse sin levantar sospechas,Kermin con ayuda de su gran agilidad ya se encuentra a la espalda del lagarto preparado para asestar un golpe directo, pero al parecer olvido algo… dicho lagarto cuenta con una poderosa cola que le permite defenderse de ataques que no puede alcanzar a divisar, Kermin hace lo posible por evadir el inevitable golpe pero este acierta enviándolo hacia una de las paredes de la cueva ocasionando que pierda el conocimiento por un instante. ¡Cuidado!, Kobi, -grita Kevin con gran fervor al observar que el lagarto está dispuesto a atacarlo-, Kobi se percata que unas de las patas se acerca hacia él, la esquiva y con gran entusiasmo roza el hacha atreves de la piel del lagarto propinándole una leve herida que le hace perder el equilibrio, en ese momento, logran observar que tiene una marca en su pecho la cual muestra la ubicación de un punto vital, Kermin quien se encuentra golpeado, está recobrando la conciencia, y logra ver dicha marca, ¡eso estuvo cerca!, donde me golpee de lleno, no habría podido seguir avanzando, levantándose del suelo al tiempo que se sacude el polvo, Kermin mira fijamente a Kevin y haciéndole una seña; le comunica que necesita pedir prestado el arco que anterior mente le había ofrecido, no sé si será buena idea dar a conocer esa faceta de mí, pero si no hago algo al respecto Kobi podría correr gran peligro, -respirando hondo Kermin da un salto extendiendo la mamo para poder alcanzar el arma que se dispuso Kevin a lanzar.

Kermin refiriéndose a Kobi, -le dice- ¡presta mucha atención!, cuando puedas intenta volver a hacerle perder el equilibrio, pero ten mucho cuidado; puedo ver que su espalda está tomando un color rojizo, ha de ser que se dispone a escupir fuego, Kevin interrumpe a Kermin diciéndole a Kobi que será mejor que use un escudo pero que desgraciadamente no cuenta con uno lo suficientemente fuerte que pueda soportar las llamas del lagarto, Kobi tomando distancia del lagarto se percata, en la altura del lugar se encuentran unas estalactitas que le permitirán crear un resguardo provisional, de un gran salto Kobi sacude su hacha haciendo un corte limpio que hace caer las tres estalactitas y crean un muro lo suficientemente amplio para resguardarse del feroz ataque que se avecina, Kobi da una voltereta y acurrucándose en medio del muro improvisado, se prepara para evadir las llamas, el lagarto parándose es sus dos patas traseras y emitiendo una intensa luz desde su garganta deja salir una bola de fuego que se estrella con la protección creada de manera improvista por Kobi, ¡es nuestra oportunidad Kobi!,!, -grita Kevin-antes de que sus patas reposen sobre la tierra debes golpearlo para que caiga de lado y ese será el momento que Kermin puede aprovechar para poder derrotarlo, -Kobi se lanza a gran velocidad-, posicionado cerca de una de las patas del terrible animal, cortándola le hace caer, en ese mismo instante, Kermin se preparaba para asestar una flechazo en el punto crítico que habían observado antes, -¡trata de no fallar!-, grita Kevin con tono de angustia, Kermin quien se veía con más seguridad y emitía un aura bastante peculiar hizo que la flecha tomara un color rojizo el cual se acercó a gran velocidad y acertó en medio de la marca del pecho del animal,

la marca empezaba a desvanecerse, al igual que
lo hacia la flecha lanzada, cuando unos rayos
azules recubrieron al lagarto haciéndolo retor-
cerse y sin previo aviso empezó a reducirse de
una manera estrepitosa, hasta el punto de ser
del tamaño de la mano de Kobi, quien estupefacto
por el cambio solo observaba como ahora el pequeño lagarto corría a esconderse desapareciendo
en la profundidad de un agujero; se me hacía extraño ver una especia así en estos lugares, por
lo visto lo que acabamos de enfrentar una criatura que se encontraba imbuida por magia y le
otorgo habilidades algo peligrosas, Kobi observo
atentamente a Kermin el cual no se veía de la
misma manera una vez el arco toco su mano, por
alguna razón desprendía un aura brillante y en
su rostro se notaba una seriedad que no era muy
propia del Kermin visto antes de entrar a la
cueva.

Que me vez orco, acaso nunca habías estado en
presencia de la belleza y glamour de un elfo, veo
que fueron muy necios al querer ingresar en el
lugar, cuando Kermin vio lo escrito en la pared
les advirtió que sintió algo extraño, lo cual
era magia negra, el lugar esta resguardado por
encantamientos poderosos que quieren evitar a
cualquier costo la llegada al famoso tesoro que
se esconde en el lugar, deberían dar media
vuelta y salir de aquí, este no es lugar para un
orco con aires de grandeza y un humano que solo
sabe comerciar, diciendo esto arrojo el arco
hacia Kevin al momento que agacho su cabeza para
pedir disculpas, -lo siento chicos cuando usos
mis habilidades mágicas mi personalidad suele
cambiar a alguien muy arrogante y el cual no me
agrada,es muy testarudo y no tiene nada de tacto
a la hora de compartir su opiniones-, no te preo-

cupes Kermin dice Kevin mirándolo fijamente, la verdad se nota que tienes un gran potencial y debes calmar tus dudad para poder crecer; bueno chicos al parecer esta aventura no ha llegado a su fin, descansemos y preparémonos para seguir nuestro camino, -Kobi quien se sentía feliz a pesar del peligro corrido, se recostó en un rincón y se disponía a descansar.

Es cierto si el peligro puede llegar a ser así de grande es muy probable que el tesoro igual lo sea- dejo escapar Kevin al tiempo que sus ojos brillaban con ilusión imaginando la gran cantidad de tesoros que le esperarían, los chicos se recostaron para descansar y tomar una merecida siesta sin percatarse que estaban siendo observados.

En lo más recóndito de la cueva se encontraba un ser tenebroso, el cual observaba a los aventureros con recelo y quien estaría dispuesto hacer cualquier cosas para evitar que ellos llegaran a su objetivo, levantándose de la silla en la cual se encontraba se acercó a una pared y empezó a girar unos sellos que provocaron un leve temblor, recitando unas palabras en un idioma ilegible se sentó de nuevo y dijo- veamos si su coordinación les será de ayuda, cuando despierten se encontraran con una sorpresa interminable que los hará desear no haber venido hasta acá.

Capitulo cuatro
¿El laberinto tiene vida?

En la mañana siguiente al despertar, se percata-
ron de un gran muro que se erguía con gran
imponencia frente a sus ojos, ¡valla! pero si es
el laberinto de Growntil - pronuncia Kermin con
gran entusiasmo; se dice que dicho laberinto
tiene vida y al tiempo que presenta un gran desafío, cambia su forma para así dar a conocer
nuevos peligros; veo que estas muy informado
Kermin -le contesta Kobi con gran asombro-,
poniendo una gran sonrisa de oreja a oreja e in-
flando el pecho comenta con gran orgullo, el conocimiento es una cualidad de los elfos -contes-
ta Kermin-, pero sin darse cuenta Kevin se
agachaba y acomodando sus lentes replica -al
parecer los elfos además de gran sabiduría cuen-
tan con buena lectura, porque el letrero que se
encuentra aquí explica muy bien la información.
Bueno no importa de dónde allá salido la información, lo importante es que sabemos a qué nos
enfrentamos y podremos prepararnos para sortear
los pasillos del laberinto, al mismo tiempo que
superamos el desafío.

Kobi se para enfrente de la puerta que indica el
inicio de dicho laberinto, apretando con fuerza
el mango de su hacha se dispone a dar el primer
paso para emprender la marcha que los llevara a
la salida, llevaban varios minutos de caminata
por estrechos y altos pasillos, cuando un extraño
sonido retumbo en las profundidades de la penumbra, ¿que ha sido eso?-pregunta Kevin alertando
de la situación-, no te preocupes Kevin tuvo que
ser el viento que se cuela por las paredes del
lugar, mirando fijamente al frente retoman la

CEDIEL 34

caminata que los llevaría a la salida, no obstante una silueta con ojos encendidos en una notable ira, se divisa y la cual cada vez se acerca más, tomando respectivas posiciones y preparándose para el arribo de la criatura, -Kobi se mueve hacia al frente al tiempo que replicaba las siguientes ordenes, -no se preocupen chicos, si las historias que me contaba el abuelo son ciertas, hay una gran probabilidad que la criatura que está acercándose sea el minotauro Xemaniel y quien de su debilidad al agua muchos están enterados, así que lo que debemos hacer es, mojarle un poco y esto nos permita debilitar su piel, de la misma manera nos dará la abertura para poder propinarle el daño suficiente que le derrote, -no te preocupes Kobi- agrega Kevin al tiempo que está muy alegre rebuscando en el fondo de uno de sus bolsas, ¡aquí esta! Sonriente por su hallazgo, lo que tengo en mis manos es un frasco muy útil que nos permitirá arrojarle una gran cantidad y por lo que calculo será suficiente para nuestro objetivo, pero si les quiero avisar que su efecto dura muy poco y en el momento es la única poción en mi posesión, Kermin dando un paso delante de él toma el frasco y se dispone a ocultarse para poder   propinarle, el golpe que les llevaría a la victoria.

Xemaniel nos ha descubierto, y al parecer pelear es nuestra única opción - grita Kobi con gran precisión-, el minotauro sin más preámbulo arremete con gran ferocidad llevándose y arrasando con todo lo que encuentra a su paso, Kobi quien se dispone a franquearlo y distraerlo,al mismo tiempo que Kermin alista la poción en una flecha para así poder lanzarla en el momento que se cree una abertura, Kevin siendo un comerciante y no un guerrero se oculta con gran habilidad e inicia una búsqueda en sus bolsas para encontrar algo que pueda ser de utilidad en la situación, por otro lado Kobi dispuesto y preparado para llevar a cabo el plan toma el hacha para golpear unas rocas, de ese modo advertir su ubicación y llamar la atención de Xemaniel, quien segado por la ira ataca a todo lo que crea es una amenaza, ya estando muy cerca de Kobi dispuesto a pasar por encima de el con su gran poder destructivo, enfrente del rostro de Xemaniel un frasco algo luminoso y el cual al estrellarse con su cara, ocasionando una estala de luz lo suficiente potente como para deslumbrarlo y hacerle perder la concentración, en la distancia se ve a Kevin saltando de alegría, quien fue el responsable del frasco; diciendo – no se confíen de un comerciante, siempre tendremos un artefacto o ítem que nos permitirá cambiar en pequeñas fracciones una situación peligrosa, Kobi viendo como Xemaniel se detiene, al tiempo que cubre sus ojos, da un salto y con un movimiento muy limpio le corta uno de sus cuernos, dando una voltereta en el aire aterriza sobre su cabeza disponiéndose a propinarle un fuerte golpe contundente en la cabeza el cual hace un gran estruendo y no le propina lesión a causa de su dura piel, Kobi saltando con gran precisión, esquiva la mano de Xemaniel,quien estaba disponiendo hacer un fuerte agarre a la vez que se sacudía por la desesperación causada en sus ojos, Kermin deja escapar a gran velocidad y precisión la flecha previamente lista, la cual se clava en el pecho de Xemaniel, con el impacto el frasco se rompe empapándolo en gran cantidad, Kobi en el aire y viendo como salía vapor del lugar en el que la flecha había acertado posa sus pies sobre la pared más cercana,tomando un gran impulso

arremete contra el pecho de Xemaniel, atravesándolo de lado a lado con gran fuerza, el gran minotauro deja salir un gran chillido de angustia y dolor, corriendo con gran descontrol empieza a destrozar las paredes que se atravesaban a su paso, lo cual creo un amplio camino en línea recta que les permitía ver la anhelada salida, retumbando una gran voz por el lugar, ¡maldito Xemaniel cómo pudiste permitir que unos chiquillos te vencieran de esa manera!, -grito con furia y desesperación el ser misterioso-; Valla creo que no estamos solos en este lugar, creo que la voz que acabamos de oír se podría decir que es la del ser que ha estado moviendo los hilos en el lugar y nos ha tratado de dificultar las cosas por aquí, -dijo Kevin al tiempo que se quitaba sus lentes y se disponía a limpiarlos-, avancemos -dice Kobi con gran decisión, por lo oído veo que no está lejos el tesoro y nuestra aventura final-, siguiendo el camino que Xemaniel había creado con sus últimos alientos de vida sumido en la desesperación; arribaron a la salida y donde el cuerpo de Xemaniel yacía ya sin una pizca de vida. Centímetros más adelante se encuentran una gran puerta que a la vez resguarda la última habitación, con gran esfuerzo Kermin, Kevin y Kobi reposan sus manos en ella y se disponen a abrirla, en el instante que se abre la puerta se puede sentir una energía oscura que emana de su interior, produciendo en todos un leve escalofrió,al ingresar en el cuarto se puede observar una gran sala, en el centro se encuentra un gran trono hecho con cráneos por lo visto de seres quiénes intentaron llegar a el tesoro y no lo consiguieron, de él se levanta un ser que emana un oscuridad al tiempo que hace retumbar su voz, -así que han llegado hasta aquí, que pena que sea el final de su camino, porque no les dejare escapar con vida despúes de haber irrumpido en mis aposentos, con un movimiento de su brazo crea una ráfaga de viento, detrás de ellos la gran puerta se cerraba con gran fuerza sacudiendo todo en la habitación, viendo que su única salida quedaba sellada se disponían a mentalizarse, sabiendo que una batalla se aproximaba y el perder no sería una opción; permítanme presentarme futuras víctimas, mi nombre es Ramaniel, Soy el rey de las sombras y un litch con gran poder, el cual se encargara de arrebatarles la vida , además de ponerle fin a esta extraña aventura de exploración, la cual solo los trajo a un muerte segura; posando sus manos sobre su pecho se dispone a dejar salir una gran carcajada que anuncia una anticipada victoria asegurada.

Capitulo Cinco
Batalla final, Ramaniel el Litch de las profundidades.

Sin previo aviso Kobi toma la daga que llevaba en la cintura Kermin, lanzándola con fuerza y vigor; típica en alguien joven, roza la cara de Ramaniel, - creo que falle anuncia Kobi dejando salir una sonrisa en su rostro- , Ramaniel con gran ira, despliega una ola de oscuridad con la clara intención de devorarlos y acabar con la batalla, Kobi abalanzando su hacha con gran fuerza se dispone a estrellar contra la tierra, creando una onda de choque con el poder suficiente para batallar con la oscuridad y disiparla, el litch viendo que no serán oponentes sencillos se dispone a recitar un conjuro, **lusigar neireg nig oleg neit fureg.**

esto ocasiona que la gran cantidad de huesos esparcidos por el lugar inicien unos movimientos que hacen que se acerquen unos a otros formando esqueletos dispuestos a luchar, Kermin inicia su ataque propinando flechazos certeros en la cabeza de los esqueletos, los huesos caen al suelo desarmándose, pero segundos después se reintegran retomando su forma, creo que esto será difícil por lo visto -dice Kermin con gran angustia en su voz-, de casualidad no tendrás otro artefacto que nos ayude en esta ocasión Kevin -dice Kobi dirigiéndose a Kevin sin apartar la vista de Ramaniel-, dame algo de tiempo y buscare,creo tener algo de utilidad, sentándose Kevin con sus bolsas alrededor se dispone a iniciar la búsqueda al tiempo que susurra, -nunca creí que usaría ese libro, pero donde lo habré puesto-,

no te preocupes Kevin que de mi parte te otorgare el tiempo, Grita Kobi abalanzándose con gran determinación hacia los esqueletos, los cuales de desarmaban con gran facilidad, Kermin por su parte se encargaba de atacar con flechas a Ramaniel quien se encontraba recitando hechizos y creando círculos extraños en el aire de los cuales se notaba que iniciaban a crearse unas pequeñas bolas de fuego, **fureg mak rug nel imig neri nole.**

-recitaba Ramaniel al tiempo que intentaba esquivar las flechas que no paraban de acercaren haciéndole perder en una pequeña proporción la concentración necesaria para efectuar sus hechizos y hacerlos infalibles; Kevin no quiero apresurarte pero veo que muy pronto me quedare sin municiones, -dice Kermin-, al mismo tiempo que tomaba la última flecha que disponía en su carcaj, Ramaniel esta será mi última flecha pero en la imbuiré de mi poder, la flecha y el arco tomaron un resplandor creando -

Fuertes rayos azules alrededor de sus brazos, ¡toma esto Ramaniel; espero saborees mi poder! -disparando la flecha con gran precisión se le observo una sonrisa en el rostro al mismo tiempo que se desplomaba a causa de usar todo su poder,la flecha se ensarto en el cuerpo de Ramaniel creando una gran explosión, acto seguido consiguió llevarse la mitad de su cuerpo, un gran grito de desesperación salió de la boca de Ramaniel, quien se dispuso a lanzar el único hechizo que logro mantener después de que la explosión y dolor le hicieron perder gran parte de su concentración. ¡Los maldigo!, tontos seres, les presento mi hechizo más fuerte, misama de caos, una gran esfera empezó a tomar forma delante de él haciendo sacudir todo el lugar a la vez que obtenía un gran tamaño, dieron gran batalla pero este será su ¡fin!, dijo Ramaniel con gran desesperación saliendo de su boca- , Kobi quien era el más cercano se disponía a recibir el impacto cuando a su espalda retumbaron unas palabras que formaron un muro que ilumino toda la habitación, Kevin quien estaba más atrás tenía un libro en sus manos, manifestando una gran resplandor que le rodeaba recita las siguientes palabras, **luminet irin terinek melec nuva ir neri luk minore ub sergui solte nirek.**

no te preocupes Ramaniel permíteme presentarte mis habilidades y mi habilidad más potente; -sonriendo se dispone a decir Kevin- manantial sagrado de gracia divina, este hechizo me permite anular la magia oscura en un radio de veinte metros, la gran cantidad de luz que emanaba Kevin empezaba a disipar la oscuridad que se había dispersado por el lugar, los esqueletos se desarmaban y desintegraban al contacto, Ramaniel quien se veía incapaz de recitar otro hechizo se dispuso a tapar su rostro para resistir el hechizo el cual había iluminado todo a su paso, ¡esa es tu oportunidad Kobi!, derrótalo y envíalo a las profundidades de donde nunca tuvo que haber salido,-gritando Kevin al tiempo que recitaba- **forte nilec nelit ich teric nova nuteri.**

el hacha que tenía Kobi en sus manos empieza a emanar una energía, de ese modo el arma se hizo mucho más ligera,Kobi con gran determinación salta hacia Ramaniel y gritando,

-rompe cráneos ígneo- abalanzo su arma creando
una gran explosión la cual se encarga de atrave-
sar el corazón del litch destrozándole, quien se
desvanece en el aire sin dejar rastro, Kevin se
acerca a Kobi;

Kermin retomando la conciencia solo se pregunta
cual habrá sido el resultado de la batalla, te
encuentras bien Kobi -dice Kevin- creí que los
orcos no podían usar magia, la verdad no podemos
-afirmo Kobi con una sonrisa en su rostro- en ese
instante el hacha perdió su iluminación y cambio
de forma, interesante lo sucedido, por lo visto
no era mentira la historia de esta hacha, -dice
Kevin tomando el hacha en sus manos- creo que te
has ganado el derecho de portarla, permíteme ad-
vertirte Kobi que esta hacha al igual que tu
crecerá, otorgándote de grandes habilidades,
siempre y cuando tus pensamientos sean nobles,
Kobi toma el hacha con gran agradecimiento
levanta el arma sobre su cabeza disponiéndose
gritar,-¡hemos vencido la victoria a reposado a
nuestro favor!-, Kermin se acerca a ellos,
comentándoles lo siguiente -creo que ha llegado
la hora de ver la recompensa que nos espera al
final de la aventura, así es Kermin todo nuestro
esfuerzo será recompensado por el tesoro que
Ramaniel resguardaba, espero este sea algo pare-
cido a las historias que escuche camino acá
-dice Kevin con gran orgullo- los tres se acer-
can al cofre que se encontraba detrás el trono
de huesos, abriendo el cofre con gran facilidad,
ilumina sus rostros el brillo que desprenden la
cantidad de joyas, gemas y monedas de oro encon-
tradas, bueno queridos amigos es un gran tesoro
el encontrado,espero que podamos repartirlo de
modo que   todos quedemos satisfechos   con

nuestra recompensa, dice Kevin dejando escapar
saliva de su boca, la cual daba a notar cierto
deseo por lo hallado, Kermin mete la mano en el
cofre y se dispone a sacar un brazalete, guar-
dándolo en su bolsillo, dice -por mí no se preocupen, esto es más que suficiente para mí-, Kobi
siguiendo el ejemplo toma un abolsa de cuero que
tenía en su cintura llenándola de monedas de
oro, para mi será esto mi recompensa, y gracias
por el hacha Kevin, -dijo Kobi sonriendo y posando su brazo alrededor de Kevin, estoy muy
agradecido por su gesto de humildad chicos, -re-
plica Kevin- acercando un abolsa azul con runas
grabadas alrededor, tapa el cofre desde arriba
al mismo tiempo que este desaparece quedando
guardado en su interior de manera muy práctica
para su trasporte fuera de la cueva, bueno
amigos míos creo que ha llegado la hora de aban-
donar el lugar de nuestra aventura, -dijo Kobi-;
es para mí un honor haber luchado a su lado, no
te preocupes Kobi el gusto ha sido nuestro, no
es así Kermin, -dijo Kevin-, pasando varias
horas de caminata y fatiga acumulada, Kobi,
Kermin y Kevin salen del lugar con unas miradas
llenas de vida y felicidad. Fue una gran aventura chicos espero poder tener el honor de acompa-
ñarles de nuevo en una exploración -dijo Kobi;
no te preocupes Kobi que nuestra aventura apenas
dio inicio, he escuchado acerca de un lago que
se encuentra al sur, se dice que en él vivió una
antigua dinastía, quienes en su poder tuvieron
grandes artefactos; -dijo Kermin- apuntando
hacia el horizonte e indicando el camino a
seguir.

Y así el grupo improvisado conformado por Kobi,
Kermin y Kevin deciden avanzar a su siguiente

aventura trazado el camino hacia las ruinas mencionadas por Kermin, grandes hallazgos encontrarán y extraños lugares descubrirán en la nueva aventura que se han designado realizar. No siendo más me despido, espero que nos reunamos pronto al mismo tiempo que podamos seguir conociendo más acerca de este maravilloso mundo y sus incontables secretos, no me retiro antes sin decir.

CONTINUARA...

2020
Autor
Robinson Cediel
(Robricedrick)

"Kobi el aventurero es un pequeño orco Que habita en las tierras lejanas y quién, Por su deseo de conocer el mundo Emprende un viaje, el cual lo llevará a Salvar la existencia de la vida, junto a sus Compañeros conocerá grandiosos lugares Y obtendrá habilidades excepcionales."

Autor
Robinson Cediel

Ilustrador
Jonatan Cediel(@Cediel3.4)